This Notebook Belongs To:

Name: _____

Address: _____

Email: _____

Phone: _____

_____

Date: /   /

Date: /   /

Date: /   /

Date: /   /

Date: /   /

Date: /   /

Date: /   /

Date: /   /

Date: /   /

Date: /   /

Date: /   /

Date: /   /

Date: /   /

Date: /   /

Date: /   /

Date: /   /

Date: /   /

Date: /   /

Date: /   /

Date: / /

Date: /   /

Date: / /

Date: /   /

Date: /   /

Date: /   /

Date: /   /

Date: /   /

Date: /   /

Date: / /

Date: / /

Date: /   /

Date: /   /

Date: /   /

Date: /   /

Date: /   /

Date: /   /

Date: /   /

Date: /   /

Date: /   /

Date: /   /

Date: /   /

Date: /   /

Date: /   /

Date: / /

Date: /   /

Date: /   /

Date: /   /

Date: /   /

Date: /   /

Date: /   /

Date: / /

Date: /   /

Date: /   /

Date: /   /

Date: /   /

Date: /   /

Date: /   /

Date: /   /

Date: /   /

Date: /   /

Date: /   /

Date: /   /

Date: /   /

Date: /   /

Date: /   /

Date: /   /

Date: /   /

Date: /   /

Date: /   /

Date: /   /

Date: /   /

Date: /   /

Date: / /

Date: /   /

Date: /   /

Date: /   /

Date: / /

Date: /   /

Date: / /

Date: /   /

Date: / /

Date: /   /

Date: /   /

Date: /   /

Date: /   /

Date: /   /

Date: /   /

Date: /   /

Date: /   /

Date: /   /

Date: / /

Date: /   /

Date: /   /

Date: / /

Date: /   /

Date: /   /

Date: /   /

Date: /   /

Date: /   /

Date: /   /

Date: /   /

Date: /   /

Date: /   /

Date: /   /

Date: /   /

Date: /   /

Date: /   /

Made in the USA
Monee, IL
13 January 2022